하루, 선물

시와소금 산문선 · 18

하루, 선물

ⓒ윤미소 윤종흔, 2024. printed in seoul, Korea

초판 1쇄 인쇄 2024년 04월 10일
초판 1쇄 발행 2024년 04월 15일

지은이 | 윤미소 윤종흔 그림산문집
펴낸이 | 임세한
디자인 | 유재미 정지은

펴낸 곳 | 시와소금
등록 | 2014년 01월 28일 제424호
주소 | 강원도 춘천시 충혼길20번길 4 (우-24436)
편집 · 인쇄 | 주식회사 정문프린팅
전자주소 | sisogum@hanmail.net
구입문의 | ☎ (033)251-1195, 010-5211-1195

ISBN 979-11-6325-075-3 03810

값 14,000원

시와소금 산문선 · 18

하루, 선물

윤미소 · 윤종흔
그림산문집

시와소금

| 윤미소

하늘과 구름과 나무가 있는 풍경을 바라본다. 산과 바다와 강을 지나며 오랜 건물의 벽을 쓰다듬고 도착한 바람의 결을 느껴본다. 상상을 담은 바람결은 일상을, 하루를 새롭게 하기도 한다. 이 바람결 같은 작은 그림을 담아보았다.

| 윤종흔

겉으로 보이지 않아도 삶에 있어 가장 중요한 가치가 존재한다.

점점 보이지 않는 것의 가치를 믿지 않는 시대가 돼 가고 있지만 존재의 의미와 진실은 그곳에 있다고 생각한다. 그것을 전달하기 위한 작품을 만들고자 한다.

| 차례 |

| 작가의 말 |

【제1부 : 윤미소 그림 산문집】

짧은, 그리고 푸른 여행

　　제1장 마법, 나서다 — 10

　　제2장 공간, 머물다 — 21

　　제3장 풍경, 생각하다 — 32

【제2부 : 윤종흔 그림 산문집】

가장 값진 선물 — 55

짧은, 그리고 푸른 여행

글그림 윤미소

1장

마법, 나서다

가끔은 마법이 이루어졌으면 할 때가 있다. 항아리 안에 몇 가지
이상한 약초를 넣고 병아리 눈물, 개구리 오줌 같은 구하기
어려운 액체는 보통의 물에 이름을 붙인다.

수리수리 마수리 수수리 콩콩 보리쌀….

어릴 때 주워들은 주문을 외운다. 할머니가 쓰시던
옛날 녹슨 쇠주걱으로 휘휘 젓는다.

이루어져라, 얍!
행복해져라, 얍!

삶이 힘들 때 잠시라도 마법이 이루어져 모두가 행복해졌으면 좋겠다.

마법의 약초는 사실 마음을 안정시키고 기분을 좋게 하는
야생식물이라고 한다. 많은 이들이 즐겨 마시는 카모마일, 요리에
넣는 바질, 라벤더, 세이지, 로즈마리, 쑥 등 그 독특한 향기와
효능 때문에 신비롭고 전설적인 이야기가 깃들어 있다.

이들은 이제 일상에서 익숙한 식물이다.
마법을 일으키는 마법의 약초는 아주 가까이 있는 셈이다.
마음만 먹으면 마법의 약초를 만들 수 있을 것 같아 잠시 즐거워졌다.

가끔은 마음의 비어있는 공간에 행복을 가득 채우는 마법의 묘약을 만들자.

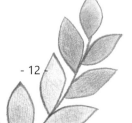

일상에 열중하다 보면 신선한 시각과 사고를 놓친다.
어느새 창의력도 발상도 희미해질 때 문득 길을 나서서 어디론가 떠나보자.

가까운 곳이라도 훌쩍 떠나보는 시작 걸음을 떼고 싶다.
게으름을 털고 약간의 부담만을 작은 배낭 안에 담고 나선다.
떠남 때문에 일부러 부산을 떨어보는 즐거움도 같이 말이다.

누가 두고 갔을까? 나무 의자 아래서 쪽지를 만났다.
아직 때가 타지 않은 것으로 보아 오래 내버려진 것 같지는 않다.
원래는 의자 위에 놓여있었을 것이다.
아니면 쪽지 주인의 호주머니나 가방에서 떨어진 것일 수도 있다.
순간 내용이 궁금했지만
햇빛이 드는 의자에 앉아 가만히 바라보기만 했다.

다음 날 그 의자에 갔을 때 쪽지는 없어지고
작은 새 한 마리가 그 자리에 있었다.
쪽지는 어느새 새가 되어 날아갔다가 혹시 빠뜨린
사연을 알리러 다시 찾아온 것일까?

2장

공간, 머물다

유럽의 수도원은 절벽 위에 세워진 곳이 꽤 많다.
외적의 침공으로부터 수도원을 지키기 위해서라고 한다.
이탈리아 마돈나 델라 코로나 수도원인데
절벽 위의 빼어난 절경이 감탄스럽다.

수도원에 살았던 이들의 영혼과 육신의 조화를 이루어 내기 위한
각고의 노력을 생각하며 형태와 색을 단순화하고
반대색을 통해 묘사해 보았다.

프랑스 파리 근교의 생제르맹데프레 거리의 건물 중 하나이다.

파리에서 15km 떨어진 이곳에 제임스 조이스, T.S 엘리엇,
생떽쥐베리, 외젠 드라클루아 등 걸출한 작가들이 이웃하며
살았다. 17~18세기 늪지대 특성을 고려해 건축된 목조건물에는
아직도 고스란히 이들의 숨결이 남아 있을 것 같다.

가까운 유명 카페에는 당시 거의 매일 같이 앙드레 지드, 피카소, 헤밍웨이,
장 폴 싸르트르, 시몬느 보봐르 등이 글 쓰고 토론했다고 하는데
기회가 된다면 이곳을 꼭 여행하고 싶다.

생떽쥐베리의 어린 왕자 이야기에서 상자 안에 들어있는 양이 생각난다.
목조건물에서 살았던 젊은 예술가들이 마치 상자 안의 양들 같다.

꿈꾸며 한 걸음씩 나아갔던 그들의 흔적을 보고 싶다.
이들의 충돌과 갈등 그리고 화해를 생각하며 반대색을 써보았다.

같은 하늘인데 창안의 하늘은 또 다른 느낌이다.

이 공간에 종이 달렸으면 어떨까?
작은 새가 날아와 앉아있다면 어떨까?
또 비가 들이친다면 어떨까?

작은 상상력이 생기는 공간이다.

침묵

건축된 지 70년 정도 된 성당이다.
하얀 벽체가 좋아 골라보았다.
오래되어 낡고 허름해 보일 수 있지만 정감이 간다.

가끔 이런 건축물을 보면 살지도 않았는데 편안한 느낌은 왜일까?

아직 그 답을 찾지는 못했다.
직접 들어가 보고 벽을 만져본다면 답을 찾을 수 있을까?
보일 듯 말 듯한 배경으로 그려보았다.

3장

풍경, 생각하다

"너는 존재한다. 그러므로 사라질 것이다. 너는 사라진다. 그러므로 아름답다."

*비슬라바 심보르스카

푸르고 밝은 풍경에 무거운 명언을 옮겨본다.
바다 위 흰 구름을 한참 바라본다.
멈춘 화면 같이 변화가 없어 보인다.

며칠 후 날씨가 달라지면 이전 것이 사라지고 전혀 다른 풍경이 된다.
심보르스카의 '너'에 구름을 넣어 봤을 때 고개가 끄덕여진다.
여기에 하나, '사라지지만 다시 돌아온다.' 라는 말을 감히 덧붙여 본다.

* 비슬라바 심보르스카 : 폴란드의 시인, 1996년 노벨문학상을 받았다.

바다 위로 유달리 뭉게구름이 많이 피어오른 날이다.
해안도로를 달리다 잠시 숨 고르기를 한다.

양 손가락으로 네모를 만들어 풍경을 담아본다.
하늘도 구름도 풀밭도 갑자기 하나의 화면이 된다.
그 화면 속 아득한 수평선 위로 자전거가 나는 상상을 해본다.

판타지는 때로 꽤 큰 즐거움을 준다.

동네 소공원의 오솔길을 걷는다.

발에 닿는 흙길의 부드러운 감촉은 고향처럼 편하고 친근하다.
숲에 이르면 다람쥐나 풀숲에 기대어 사는 곤충을 만날 것 같다.

눈이 마주치면 안녕? 하고 말을 걸어봐야지.

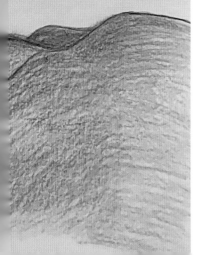

유달리 구름이 많은 날
구름 때문에 하얀 공간이 생겼다.
전봇대 아래로 펼쳐진 푸른 청보리밭과 그 사이에 난 하얀 길

이 모든 게 하늘 아래 어우러져 정겹고 친근한 풍경이 된다.
구름 공간에 그리운 사람들에게 따뜻한 편지를 쓰고 싶어진다.

눈이 많이 내린 날이다.

온통 하얀 세상 때문에 숲과 집이 생기있어 보인다.

발자국을 내기엔 깨질까 조심스러운 하얀 판타지 세상이다.

오래전부터 고단한 하루를 끝낸 사람들의
염원의 메시지를 받아 안았던 밤하늘의 별들.

때론 그 무게를 떨치고
바다에 둥둥 가볍게 떠 있고 싶을 것 같다.

보랏빛 바다 위에 펼쳐진 노을을 보면 황홀해진다.
하늘 가득한 노을이 서서히 사라질 무렵은 너무 짧다.

노을 앞에서 먹먹해지는 이유는 아름답기만 해서는 아닐 것 같다.
하루가 주는 소중함 때문인 것 같다.

제법 거센 비바람이 창문을 흔든다.

조선시대 시문을 들여다보다가
언뜻 한시 한편이 마음에 들어와서 옮겨보았다.

곱던 모습 희미하게 보일 듯 사라지고
깨어보니 등불만 외롭게 타고 있네
가을비 내 꿈 깨울 줄 알았더라면
창 앞에 벽오동 심지 않았을 것을

옥모의희간홀무(玉貌衣稀看惚無)
각래등영십분고(覺來燈影十分孤)
조지추우경인몽(早知秋雨驚人夢)
불향창전종벽오(不向窓前鐘碧梧)

* 이서우/도망실(悼亡室))

* 이서우(1633~1701) 조선 후기의 문신, 시인, 작가, 서예가, 호는 송곡

길과 강줄기는 많이 닮았다.
긴 길과 강 앞에 서면 문득 저기까지 언제 가지? 라는 조바심과
불안감이 밀려들 때가 있다.

견딘다는 것, 나아간다는 것.
홀로 문제를 직면하고 견딘다는 것은 정말 힘들 때가 있다.
견디며 나아간다는 것이 아득해질 때도 있다.
그러나 사랑하는 이들을 위해 견디며 나아가는
수많은 날은 오히려 힘이 된다.

우리 가까이 있는 수많은 "그"
나 또한 누군가에게 버팀목이 되어주는 "그"라는 생각에
길과 강줄기의 곡선처럼 이내 부드러워진다.

나무는 사람과 많이 닮은 것 같다.
땅속 씨앗이었을 때 부지런히 물을 빨아들이며 자란다.
햇빛을 향해 가지를 뻗고 무수히 잎을 내고 계절을 보내며 열매를 맺는다.
이윽고 자신의 열매를 내어 주고 잎을 떨구고 빈 가지가 된다.
다시 푸르러져서 서로 상생하며 크고 작은 생명체를 깃들어 살게 한다.

그림 속 나무는 이제 연초록으로 청록으로 잎을 피울 것이다.
가지 사이사이 하늘의 푸른 빛과 햇살이
내가 나아가는 삶에도 깃들기를 소망한다.

가장 값진 선물

글 그림 **윤종흔**

어느 나라에 한 왕이 살고 있었습니다.

왕은 기억력이 무척 좋았습니다.

왕이 왕세자였을 때
나라의 중요한 물건이 사라지는 사건이 있었는데
그때마다 왕세자는 비상한 기억력으로
잃어버린 물건들을 찾아냈습니다.

그런데, 그런 왕에게 한 가지 고민이 있었습니다.

"나는 모든것을 정확히 기억할 수 있다."
"그런데 한 가지 기억하지 못하는 것이 있는데"

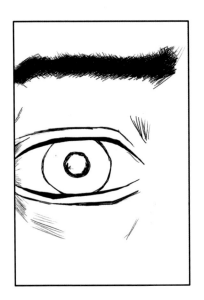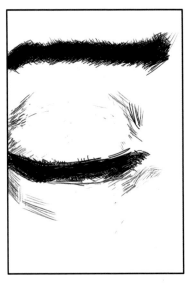

"그건 바로 내 어린 시절이다."

"물건을 보면 무엇이든 기억할 수 있지만…"
"어린 시절을 떠올릴 수 있는 물건이 무엇인지
도저히 생각나지 않는다"

"그러나 어쩌면 세상에 존재하는 모든 물건을 하나씩
살펴본다면 내 기억이 떠오를지도 몰라."

"좋아, 어명을 내려야겠군."

왕은 이 세상에 있는 모든 물건을 모아서
살펴보기로 결심했습니다.

왕은 사람들이 많이 모이는 저잣거리에 방을 붙였습니다.

'내 기억을 떠오르게 할 수 있는 물건을 가지고
오는 자에게는 큰 상을 내리겠다.'

왕이 내린 방을 본 사람들은 물건을 갖고 궁전으로 모여들었습니다.

왕은 사람들이 가져온 물건들을 하나씩 살펴보며
어린 시절의 기억을 떠올리기 위해 애썼습니다.

"기억을 찾는 게 진짜 가능한 일이오?"

"설사 기억을 찾는다 해도 그게 지금 와서 무슨 소용이란 말이오!"

"왕실의 격이 떨어질까, 걱정되오."

"폐하는 괜찮으실까?"

신하들은 나라를
걱정하기 시작했습니다.

그럼에도 왕은 아랑곳하지 않고

산더미 속에서 물건을 찾는 일을   계속했습니다.

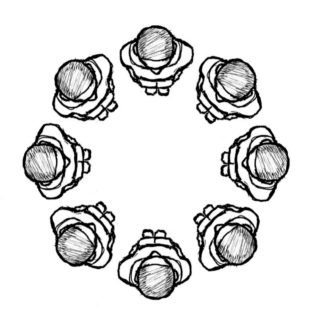

"폐하가 들어가신 지 한 달이 지났소!"

"이러다가 우리와 사이가 좋지 않은 옆 나라가
우리 나라를 공격하면 어떡하오?"

"옆 나라에서 우리를 노리기 전에
나라를 위해 우리가 먼저 거사를 일으키는 게 어떻겠소?"

"조금 더 지켜봅시다."

왕은 마치 빵을 파먹는 애벌레처럼

물건이 가득쌓인 산더미 속에 들어가

아예 나오지를

않았습니다.

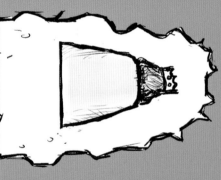

그러나 아무리 찾아도 기억이 떠오르지 않자,
지쳐버린 왕은 울부짖었습니다.

자신과 부모님과 세상을 원망하고

이런 엄청난 노력에도 자신을 도와주지 않는
신을 원망했습니다.

"도대체 나의 기억은 어디 있단 말인가?"
"아니면 원래 없었던 것인가?"

왕은 바닥에 머리를 박으며 절망했습니다.

실의에 가득 찬 왕은 실성한 사람처럼
어머니의 초상화 앞에서 흐느꼈습니다.

초상화 옆에는 그날따라
어머니가 좋아하셨던 하얀 수국이 있었는데

그 둥글고 큰 꽃송이가 왕의 앞에 툭, 하고 떨어졌습니다.

떨어진 수국을 주워 다시 병에 꽂던 왕은 갑자기
머릿속에 희미한 빛이 스쳤습니다.

왕은 자신도 모르게 서랍 문을 열었고
거기엔 아버지가 어머니에게 결혼 선물로 주었던
수국을 닮은 유리구슬이 있었습니다.

왕은 구슬 안을 자세히 들여다보았는데
그 속에는 어린 시절에 본 하얀 눈이 끊임없이 내리는 겨울이 보였습니다.

그것을 보고 있던 왕은 갑자기 숨이 차올랐고 비명을 질렀습니다.
"아아아악!"

구슬 속에는 눈보라 치는 폭풍우 속에서 옆 나라 왕인 외할아버지가
어머니와 어린 왕자를 마차에 태워 납치하는 광경이 보였습니다.

원래 옆 나라 출신인 어머니는 이 나라의 왕과 사랑에 빠졌고
외할아버지의 반대에도 무릅쓰고 결혼했습니다.

속으로 큰 불만을 가지고 있던 외할아버지는
왕이 궁을 비운 사이 어머니와 어린 왕자를 납치한 것이었습니다.

무서운 속도로 폭주하는 마차 속에서
어린 왕자는 두려움에 떨었고
어머니의 품에 꼭 안겨있었습니다.

그러던 중 갑자기 마차가 뒤집어졌고
어머니는 뒤집히는 마차 속에서
필사적으로 아들을 감싸 안았습니다.

어머니가 걸고 있던 보석 목걸이가 떨어지고
어린 왕자는 눈앞에서 어머니가 숨을 거두는 모습을 보았습니다.

왕은 믿지 못했습니다. 이것은 그냥 마법의 이야기라고 거부했습니다.
그러나 시간이 흐르면서 왕은 결국 이 기억을 찾아냈습니다.

왕은 두려움에 떨었고 기억을 찾으려 했던 자신을 저주했습니다.
그때부터 왕의 머릿속엔 숨을 거두기 전 어머니의
고통스럽고 슬픈 얼굴이 자꾸 떠올랐습니다.

어머니가 말하려고 했지만 끝내 하지 못한 말이
무엇인지 알 수 없어 밤새도록 왕을 괴롭혔습니다.

그는 거의 짐승처럼 울부짖었고

외할아버지에 대한 분노로 복수의 칼날을 갈았습니다.

시간이 흐르고, 한참을 방황하던 왕은
결국 어머니가 숨을 거두기 전 하려던 말을 알아냈습니다.

그것은 "사랑해!"라는 말이었습니다.

구슬 안쪽에는 어머니가 죽기 전 걸고 있던 목걸이와 같은
보석이 들어있었습니다.
그 보석에는 "사랑해!"라는 말이 새겨져 있었습니다.

이제 모든것을 알게 된 왕은 한동안 허탈한 심정에 빠졌습니다.
외할아버지에게 복수하려고 했던 계획도 허망해졌고
이제 무엇을 해야 할지 모르는 방황의 시간을 보냈습니다.
그러나, 이 기억을 알기 전의 캄캄한 방황보다는 훨씬 고통스러웠지만
그래도 출구가 보이지 않는 이전과는 달랐습니다.

왜냐하면 그는 자신의 과거를 받아들이며
마치 차가운 눈보라 속에서도 자신을 살리려 했던 어머니의 마음처럼
어린 자신을 만나고 있기 때문입니다.

왕의 눈에는 자주 눈물이 흘렀고
오랫동안 혼자 있는 고독한 시간을 가졌지만
조금씩 나랏일을 돌보기 시작했습니다.

그는 아직 내면의 어린 자신이 무서워하고, 울고,
엄마를 많이 보고 싶어 한다는 것을 잘 알고 있었습니다.

왕은 몹시 외로웠고
이 외로움을 아무도 이해하지 못한다고 생각하는
고집에서 잘 벗어나지 못했습니다.

왕은 그럴 때마다 수국과, 구슬과,
"사랑해!"라고 적힌 보석을 바라보았습니다.

한동안 구슬 속을 들여다보지 못하고 두려움에 떨던 왕은
어느 날 구슬 속의 엄마의 눈빛이 죽어가는 고통이 아닌
자신을 한 없이 사랑으로 바라보는 눈빛이라는 것을 확인하게 되었습니다.

왕이 기억을 찾는 사이 음모를 꾸미던 신하들은 발각되었지만
왕은 자비를 베풀어 모두를 용서했습니다.

어머니의 진실한 마음을 깨달은 왕은
옆 나라 왕인 외할아버지와 화해하였고
사이가 안 좋았던 두 나라는 하나로 합치게 되었습니다.